BIBLIOTHEQUE MORALE

DE

LA JEUNESSE

PUBLIÉE

AVEC APPROBATION

LES

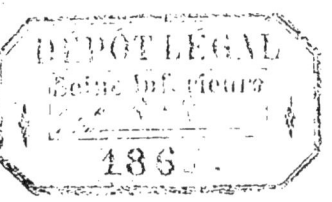
VIERGES DE VERDUN

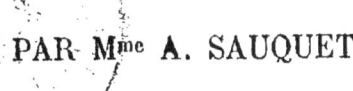

PAR Mme A. SAUQUET

ROUEN

MÉGARD ET Cie, LIBRAIRES-ÉDITEURS

1867

Mégard et Cie

Les Ouvrages composant **la Bibliothèque morale de la Jeunesse** ont été revus et **ADMIS** par un Comité d'Ecclésiastiques nommé par SON ÉMINENCE MONSEIGNEUR LE CARDINAL-ARCHEVÊQUE DE ROUEN.

———

L'Ouvrage ayant pour titre : **Les Vierges de Verdun**, a été lu et admis.

Le Président du Comité,

Picard

Archip. de la Métrop.

Avis des Éditeurs.

Les Éditeurs de la **Bibliothèque morale de la Jeunesse** ont pris tout à fait au sérieux le titre qu'ils ont choisi pour le donner à cette collection de bons livres. Ils regardent comme une obligation rigoureuse de ne rien négliger pour le justifier dans toute sa signification et toute son étendue.

Aucun livre ne sortira de leurs presses, pour entrer dans cette collection, qu'il n'ait été au préalable lu et examiné attentivement, non-seulement par les Éditeurs, mais encore par les personnes les plus compétentes et les plus éclairées. Pour cet examen, ils auront recours particulièrement à des Ecclésiastiques. C'est à eux, avant tout, qu'est confié le salut de l'Enfance, et, plus que qui que ce soit, ils sont capables de découvrir ce qui le moins du monde, pourrait offrir quelque danger dans les publications destinées spécialement à la Jeunesse chrétienne.

Aussi tous les Ouvrages composant la **Bibliothèque morale de la Jeunesse** sont-ils revus et approuvés par un Comité d'Ecclésiastiques nommé à cet effet par Son Éminence Monseigneur le Cardinal-Archevêque de Rouen. C'est assez dire que les écoles et les familles chrétiennes trouveront dans notre collection toutes les garanties désirables, et que nous ferons tout pour justifier et accroître la confiance dont elle est déjà l'objet.

LES
VIERGES DE VERDUN.

I.

LES TROIS SŒURS.

Nous sommes au printemps de l'année 1789. Les bois ont repris leur verdure, et les oiseaux leurs chants; l'air est embaumé du parfum des fleurs nouvellement écloses; la nature entière convie l'homme à l'espérance et au bonheur.

Deux jeunes filles se promènent en causant dans les allées ombreuses d'un vaste jardin. La sérénité est sur leurs fronts, le sourire sur leurs lèvres. L'aînée se nomme Henriette et a deux ans de plus que sa sœur.

— Il faut rentrer, Hélène, dit la sœur aînée.

— De grâce, encore quelques instants.... L'air est si pur et notre jardin est si beau ! Laisse-moi cueillir quelques fleurs pour en orner notre table à ouvrage ; je travaillerai, il me semble, avec plus de plaisir.

En ce moment une voix fraîche et pure appela les deux jeunes filles :

— Henriette, Hélène, où êtes-vous ?

Henriette écarta aussitôt les branches de lilas qui la cachaient.

— Viens ici, ma chère Agathe, s'écria-t-elle.

Agathe était une charmante enfant de douze ans à peine, chez laquelle les grâces naïves du jeune âge commençaient à le disputer à celles de l'adolescence. Elle était la dernière fille du colonel Watrin ; elle jouissait donc, mais sans en abuser jamais, de toutes les prérogatives accordées dans chaque famille aux enfants les plus jeunes. Loin de se montrer jalouses de cette prédilection, ses sœurs la chérissaient. Agathe le leur rendait bien et se montrait constamment attentive à prévenir leurs moindres désirs. Chaque pas de l'aimable enfant n'était-il pas d'ailleurs marqué par quelque bonne action ?

Lorsqu'elle sortait avec ses parents et qu'on lui laissait le soin de choisir les lieux qu'elle préférait visiter, Agathe n'oubliait pas ceux où se trouvaient situées en plus grand nombre les tristes habitations des familles nécessiteuses. C'était un appel indirect fait à la compassion, à la générosité, et chacun s'empressait d'y répondre ; car le doux lien de la charité unissait tous ces cœurs. Aussi, lorsque Mme Watrin passait, accompagnée des trois jeunes filles, plus d'un front la suivait avec intérêt, plus d'un regard s'inclinait avec respect, plus d'une voix murmurait : « L'heureuse mère !... » Et elle l'était en effet ; car si les vertus d'Agathe avaient été plus précoces, Henriette et Hélène avaient, elles aussi, de précieuses qualités d'esprit et de cœur, bien qu'elles eussent été douées d'un caractère tout opposé : Henriette, dont la santé avait toujours été plus délicate que

1.

celle de ses sœurs, était grave, parfois même mé-
lancolique et rêveuse. A peine entrée dans l'âge
heureux de la jeunesse, elle avait la raison de
l'âge mûr. Le monde avait pour elle peu d'attraits;
elle se plaisait dans le silence et la solitude, et ne
désirait connaître d'autres joies que celles de la
famille.

Plus jeune que sa sœur de deux années, Hélène
en avait déjà atteint la taille et dépassé la force.
Tout avait été jusqu'alors joie et bonheur pour
cette jeune fille, qui portait avec tant de grâce ses
seize printemps : dans ses grands yeux noirs bril-
lait presque toujours une gaîté vive et franche;
c'était le mouvement, le bruit de la maison;
comme la fauvette, elle annonçait son réveil en
jetant à l'air les accents de sa voix fraîche et pure.
On ne pouvait lui reprocher que les petites
imperfections qu'elle devait à cet heureux caractère : ainsi, chez elle, la sensation se produisait
trop vivement pour lui permettre l'examen et la
réflexion; la parole suivait de trop près l'impres-
sion reçue; ce qui lui valait parfois quelques

doux reproches et quelques regrets. Bien que le caractère d'Hélène formât un si frappant contraste avec celui d'Henriette, les deux sœurs se chérissaient ; Hélène acceptait sans murmure les observations de sa sœur, elle s'en montrait même reconnaissante.

Dernière fleur éclose sur la tige, Agathe, à son entrée dans la vie, avait reçu les plus heureux dons. Exempte des défauts généralement reprochés à l'enfance, elle ne s'attira jamais un reproche, ne fit jamais verser une larme à sa mère : on devinait en elle la raison précoce de sa sœur aînée, jointe à l'aimable enjouement d'Hélène. Qui n'eût pas été fier d'un tel trésor ? Ah ! loin de songer à lui porter envie, chacun lui souriait et lui tendait les bras ; on ne savait résister à sa prière ; et lorsque sa voix enfantine s'élevait pour demander quelque grâce nouvelle, on se sentait disposé à tenter presque l'impossible pour s'épargner le chagrin de lui rien refuser.

D'après la peinture fidèle que je me suis efforcée de vous faire des trois vertueuses héroïnes de cette

modeste histoire, vous devez facilement deviner
les joies pures et intimes dont jouissait la famille
Watrin, avant l'année 1789. Mais à l'époque où
commence notre récit, commencent aussi ses tri-
bulations, nées des premières épreuves qu'eut à
subir l'auguste souverain auquel le colonel avait
dévoué sa fortune et sa vie.

Déjà, en effet, se faisait sentir cette fermenta-
tion générale qui pouvait faire prévoir aux esprits
sérieux la chute prochaine de la monarchie.
Louis XV avait laissé à son successeur la couronne
de France dans des circonstances bien difficiles;
l'orage grondait sourdement, et le flot impétueux
des passions humaines menaçait le trône de nos
rois. Depuis plus d'un demi-siècle, des écrits
pleins de licence et d'impiété avaient sapé le trône
et l'autel et préparé tous nos malheurs.

Cependant la vie irréprochable du roi, la simplicité de ses mœurs, offraient un frappant contraste avec la dissolution de la cour; malheureusement, les honnêtes principes du monarque ne
purent sauver la royauté expirante; il eût fallu,

dit-on, d'autres vertus que des vertus domestiques
pour raffermir le pouvoir menacé. Avec plus de
perspicacité politique, avec une énergie plus per-
sistante, Louis XVI eût-il pu arrêter le formidable
torrent qui minait peu à peu les bases du trône?
Nous ne nous prononcerons pas en si grave ma-
tière, mes jeunes lecteurs, et nous nous contente-
rons de vous donner une esquisse rapide des premiers événements qui jetèrent la perturbation dans
les esprits. Le renvoi de Necker, l'augmentation
progressive de la dette publique, l'exil du parle-
ment, l'opposition puissante que rencontra cet
acte du pouvoir, tous ces faits réunis pouvaient
faire présager un changement prochain. Le trône
du successeur de saint Louis semblait reposer sur
un volcan dont on attendait d'un moment à l'autre
la terrible éruption. Dirigé par des intentions
pures et honnêtes, le monarque [pressentit le
danger, sans oser y croire. Malheureusement, ceux
qui l'entouraient partageaient cette confiance ou
semblaient la partager. Les choses en étaient là
au mois d'avril 1789.

A cette époque, le colonel Watrin, qui s'était
distingué par ses bons et loyaux services sous le
règne précédent, et qui avait clos la liste de ses
exploits par la campagne d'Amérique, laquelle
assura aux États-Unis le repos et l'indépendance,
le colonel Watrin, blessé d'une manière grave à
un combat naval dans la mer des Indes, s'était vu
dans l'obligation de demander sa retraite et l'avait
obtenue. Fatigué de la guerre, mais conservant au
fond du cœur un religieux amour pour sa patrie et
pour son souverain, il goûtait à Verdun, dans une
modeste retraite, les joies pures de la famille.
Toutefois, les paisibles jouissances du foyer domestique, le dévouement de son épouse, les
tendres caresses de ses enfants n'occupaient pas
seuls la pensée du vieux soldat. Si l'épuisement
des forces physiques avait condamné son corps au
repos, son esprit, resté libre, rêvait constamment
à l'avenir de la France et au bonheur de son roi.
Aussi est-il vrai de dire que, pendant les deux années qui s'écoulèrent de 1787 à 1789, la félicité

de l'ex-colonel fut sensiblement troublée par de tristes appréhensions. Mme Watrin remarqua ce changement et s'étudia à en rechercher la cause. Le brave officier laissa échapper son secret, mais ne communiqua toutefois qu'une partie de ses craintes; il garda pour lui seul les réflexions les plus alarmantes. Mais il n'en fallait pas davantage pour éveiller la sollicitude d'une épouse vertueuse, fervente royaliste elle-même. Il s'aperçut bientôt que la pieuse femme priait plus souvent et plus longtemps que de coutume; il comprit pourquoi elle élevait vers le ciel ses mains suppliantes, et devina ce qu'elle demandait à Dieu : ce fut un lien de plus entre les deux époux.

Ignorant les tristes prévisions de leurs parents, les trois sœurs continuaient leur douce mission de charité; des occupations utiles au bien-être ou au bonheur du prochain remplissaient leurs heures, tandis que de généreuses pensées, de pieux désirs se partageaient leur esprit et leur cœur.

II.

LES DERNIERS JOURS DE LA MONARCHIE. —
L'ÉMIGRATION.

Trois années se sont écoulées, et le torrent révolutionnaire a suivi son cours, laissant, hélas! à
chaque pas d'effrayantes marques de son passage.
Quelle marche rapide!... que d'événements en
peu de jours!... Espérant rétablir la paix, faire
renaître la confiance, le roi a convoqué d'abord les
états généraux; mais, hélas! cette réunion des

trois ordres n'a servi qu'à aigrir davantage les
esprits, et à augmenter la défiance. Elle a été
bientôt suivie de la prise de la Bastille ; cette con-
quête du peuple a coûté la vie au gouverneur de
Launay, dont la tête sanglante a été promenée au
haut d'une pique. C'est en vain que le monarque,
pour prévenir de plus grands malheurs, s'est rendu
au sein de l'assemblée nationale, à laquelle il a
adressé ce seul reproche : « Vous vous êtes défiés
de moi, et moi, messieurs, je viens vers vous. »
Ces paroles ont été comprises et accueillies par
des applaudissements. Malheureusement, cette
réconciliation du peuple avec son roi fut, hélas !
de courte durée.

Quelques jours après, une foule immense, furieuse, forçait les portes du château de Versailles
et menaçait la vie de la reine, qui ne dut son salut
qu'à la fuite. Ceci se passait dans la nuit du 5 au
6 octobre. Le lendemain, cédant aux ordres plutôt
qu'à la prière de ses sujets, Louis XVI quittait
Versailles et revenait à Paris, où l'attendaient

d'autres épreuves. Croyant désarmer la haine, il se présenta à l'hôtel de ville, où Bailly, maire de la ville, le reçut avec déférence.

— Je viens avec confiance au milieu de mon peuple de Paris, dit-il d'une voix ferme et douce.

Mais ce peuple de Paris ne comprenait plus son roi et restait insensible aux preuves de son amour; et un an s'était à peine écoulé, que le château des Tuileries, assailli à son tour par une horde furieuse, était vaillamment défendu par les gardes suisses ; qui trouvèrent tous la mort dans cette sanglante collision. Cette formidable émeute ne s'apaisa que lorsqu'on lui eût promis la déchéance du roi et sa mise en accusation.

Le peuple s'était fait roi, il voulait se faire juge. Louis XVI, forcé d'abandonner le palais de ses aïeux, dut attendre dans une des sombres prisons du Temple le jour de son jugement. Il comprit les dangers de sa position et remit sa destinée entre les mains de Dieu. Ceux qui lui avaient reproché son hésitation en présence des circonstances diffi-

ciles dans lesquelles il avait été placé, durent
rendre justice à la force d'âme qui ne l'abandonna
pas un instant dans les plus terribles épreuves. Il
sut accepter ses maux avec grandeur et résignation, et ne se montra sensible qu'à ceux de sa famille. Louis XVI avait fait, dès le commencement,
le sacrifice de sa vie; ses plus grandes souffrances
ne lui vinrent que des cruelles inquiétudes que lui
causait le sort des siens. Pendant les tristes jours
de sa captivité, on ne le vit jamais pleurer lui-
même; mais on le vit souvent, agenouillé,
élever vers le ciel des mains suppliantes en murmurant les noms de ceux qu'il chérissait.

Pendant que le roi prisonnier était tourmenté
par l'anxiété la plus vive, le bruit de sa captivité
s'était répandu dans nos provinces et avait causé
une grande consternation parmi ceux que les idées
nouvelles n'avaient pas encore entraînés. Quant
aux véritables amis du trône, ils éprouvèrent une
immense douleur. De ce nombre était le colonel
Watrin; attaché de cœur à la monarchie, il

éprouva un profond saisissement du triste
événement qui venait s'ajouter à toutes les péripé-
ties du drame dont il suivait depuis longtemps la
marche. Hélas! ces temps orageux avaient bien
changé, bien vieilli ce fidèle ami de Louis XVI!

A ses douleurs morales se joignaient des souffrances physiques, contre lesquelles il continuait
à lutter avec courage, mais non avec bonne hu-
meur comme autrefois. Il vivait dans une retraite
plus absolue que jamais, cherchant à échapper
même aux soins assidus de son épouse, aux tendres
caresses de ses enfants. A la nouvelle de la captivité de la famille royale, de la déchéance du trône,
l'ex-colonel se renferma en lui-même, n'osant
communiquer ses effrayantes prévisions. Les êtres
qui le chérissaient le virent chaque jour perdre
quelque chose de sa force et de sa sérénité; ils
assistaient, hélas! à ce dépérissement sans pouvoir en arrêter les progrès. Il fallait bien que le
mal fût sans remède pour que le vieillard ne se
sentît pas rattaché à la vie en entendant les douces

voix de son épouse et de ses trois filles qui eussent apporté tant de joie, tant de bonheur, à une âme moins ulcérée.

A l'époque où nous les revoyons, Henriette et Hélène étaient dans toute la splendeur de leur beauté, tandis que tous les charmes de l'adolescence se réunissaient chez leur jeune sœur ; mais cette beauté des trois jeunes filles était devenue grave, sérieuse, à la suite des événements qu'on n'avait pu leur cacher ; leur aimable enjouement avait disparu en présence de la sombre tristesse de leur père, de la mélancolie résignée de leur mère. Il leur avait fallu même mettre des bornes à leur charité et se renfermer dans la réserve que commandaient les événements ; car plus d'une fois, au moment où Agathe, accompagnée d'une fidèle domestique, allait porter quelques secours ou quelques consolations, elle avait vu un regard à l'expression moqueuse la suivre et l'épier, elle avait entendu une voix ironique la saluer de ces mots : « Bonjour, la ci-devant ! » Ces mots, dont

Agathe ne comprenait pas encore toute la cruelle signification, avaient intimidé la pauvre enfant ; elle avait hâté le pas et était revenue tout émue.

— Mère, avait-elle dit, les larmes dans les yeux, est-ce que l'exercice de la charité va devenir de nos jours une chose.condamnable ?

— Mon enfant, avait répondu Mme Watrin, quand la foi commence à perdre sur les cœurs sa salutaire influence, les vertus les plus pures sont bien près de n'être plus respectées.

Après la captivité du roi commença la persécution de la noblesse et du clergé. Alors un grand nombre de familles tournèrent leurs regards vers la terre étrangère et l'émigration commença. Mais beaucoup, hélas ! n'atteignirent pas le but de leurs espérances ; plusieurs fugitifs, trahis ou reconnus, payèrent de leur vie cette tentative ; d'autres, manquant de tout, ne purent supporter les fatigues d'un long voyage, et moururent en chemin sur le bord d'un fossé ou à l'entrée d'un bois solitaire qui leur avait servi de refuge pendant la nuit.

Ces terribles persécutions causèrent de grandes
infortunes, presque toujours noblement acceptées.
On vit alors plus d'une noble dame , habituée à
toutes les douceurs d'une vie opulente, échanger
ses riches vêtements contre la bure grossière de
la paysanne, cachant avec soin ses mains délicates
qui l'eussent désignée à la vengeance de ses ennemis. Ces temps malheureux furent féconds en
épisodes touchants : plus d'une courageuse Epo-
nine voulut partager les périls et les perplexités
de son époux. Ces perplexités étaient cependant
bien terribles et ces dangers bien grands; on
n'échappait à une crainte que pour être assailli
presque aussitôt par une autre; le soir, il fallait
chercher un asile dans quelque ferme isolée, chez
de pauvres et modestes habitants, où le nécessaire
se trouvait à grand'peine ; et encore, quelle joie,
lorsque la porte ébréchée criait sur ses gonds et
qu'une voix bienveillante disait : « Soyez le bien-
venu ! » Ah ! comme alors cette gracieuse hospitalité réjouissait le cœur du proscrit ! Comme il

réchauffait avec joie ses membres engourdis au
feu pétillant de l'âtre ! Les mets grossiers qu'on
lui servait lui semblaient des mets exquis ; ce foyer
lui rappelait, hélas ! celui de la famille avec ses
douces joies et son repos, et alors l'humble chaumière qu'éclairait seule la flamme du sarment lui
paraissait, à cette heure, aussi belle qu'un palais.
Il ne la quittait pas sans regret et sans larmes. Ce
repos de quelques instants était un moment de
halte pour son cœur fatigué des plus poignantes
émotions. Avant le lever du jour, il fallait reprendre
le bâton du voyageur; dire adieu aux hôtes qu'on
ne comptait pas revoir, et recommencer sa route
à travers les champs abandonnés , les sentiers
moins battus, les chemins les plus difficiles et les
plus rocailleux , et tout cela avec un bien faible
espoir , balancé par la terrible crainte de voir
paraître au détour de quelque sentier l'uniforme
d'un agent de la république.

Le plus grand bienfait que Dieu accorda aux
pauvres fugitifs, ce fut de trouver sur leur route

des cœurs honnêtes et dévoués et peu de trahisons.
Les villes frontières et leurs environs se distinguèrent surtout par leur pitié envers ces malheureux dont ils voyaient passer les bandes nombreuses. La famille Watrin accueillit plus d'un
infortuné dont la tête était mise à prix et lui faci-
lita le passage de la frontière, soit en lui donnant
l'argent nécessaire pour terminer son voyage, soit
en lui procurant un travestissement plus sûr. La
maison de l'ex-colonel, éloignée du centre de la
ville, et située dans un quartier paisible, offrait
aux fugitifs un excellent refuge. Plus d'un y
séjourna plusieurs jours, attendant une occasion
favorable de passer en Allemagne; caché dans un
des appartements du vaste logis, il y reçut la plus
généreuse hospitalité, et partit en bénissant ceux
qui s'étaient courageusement exposés pour lui à la
captivité, peut-être même à la mort.

M. Watrin, devenu impotent, malade, ne sortait presque plus; il pouvait trouver, il est vrai,
de douces distractions dans la conversation ai-

mable et spirituelle des êtres gracieux et bons qui
l'entouraient; mais son âme était trop péniblement
affectée; le mal dont il souffrait le plus venait
moins de l'état physique de sa santé que de son
état moral; hélas! celui-ci prenait sa source dans
son ardent patriotisme, c'était précisément ce qui
le rendait incurable; chaque jour y ajoutait de
cuisantes douleurs. De la mélancolie, l'ancien
colonel passa à une surexcitation étrange; ses
idées perdirent peu à peu de leur netteté; il con-
versait des heures entières avec son souverain, se
rappelant les circonstances où il s'était entretenu
avec lui; le brave officier s'imaginait alors être à
ces temps heureux où Louis XVI gagnait tous les
cœurs par l'affabilité de ses manières, la douceur
de son langage. Puis, tout à coup s'effaçaient ces
douces images, l'horrible réalité se dressait devant
lui, et le sujet fidèle versait des larmes abondantes
sur les humiliations subies par son roi. Fatigué
par cette idée fixe, le cerveau du malade s'enflamma,
et l'ex-colonel fut atteint d'une fièvre maligne qui
l'emporta en peu de jours.

Ce fidèle partisan de la monarchie, qui avait prévu tous les maux de Louis XVI et de sa race, ne prévit pas, heureusement, ceux de sa famille à lui : le Seigneur, dans sa clémence, lui épargna cette nouvelle épreuve.

III.

LA DÉPUTATION.

Henriette, Hélène et Agathe vivaient dans la retraite la plus absolue depuis la mort de leur père, lorsqu'une importante nouvelle, suivie bientôt d'une grande rumeur, se répandit dans la ville : des puissances coalisées venaient, disait-on, de franchir la frontière et s'avançaient sur Verdun. A leur tête marchait le roi de Prusse, Frédéric-Guillaume, suivi de quatre-vingt mille hommes.

L'effroi se répandit promptement dans la cité, et
la terreur redoubla, lorsqu'on apprit la capitulation de Longwi. Cependant, il faut le dire, chacun, dans ce danger commun, se rangea sous le
même drapeau; mais toute résistance fut inutile.
Verdun, forcé de se soumettre, attendit la décision
du vainqueur. Bientôt des proclamations rassurantes firent cesser toutes les alarmes.

« Nous ne venons pas vers vous en ennemis,
mais en frères, disait le successeur du grand Frédéric; roi, je viens au secours d'un autre roi, prisonnier dans son propre royaume ; je viens déli-
vrer un père persécuté par ses enfants! Rassurez-
vous, habitants de Verdun; ces reproches ne
s'adressent pas à vous ; car votre fidélité m'est
connue, et Louis XVI a conservé sur vos cœurs
tous ses droits. »

Ces mots excitèrent l'enthousiasme des partisans
de la monarchie, en même temps qu'ils ranimèrent
le courage et l'amour de ceux que la peur de la
persécution avait commencé à ébranler. On ac-

cueillit comme des sauveurs les étrangers qui promettaient la délivrance de la famille royale et la
destruction de l'échafaud ; pour un instant, la terreur disparut et fit place à l'espérance ; des cris
d'allégresse s'élevèrent vers le ciel, des messes
d'action de grâces furent dites. Cette joie presque
universelle trouva un profond écho dans le cœur
de Mme Watrin et de ses trois filles, ferventes
royalistes.

Les habitants de Verdun, charmés de la réserve
des étrangers, de l'affabilité des manières de Frédéric-Guillaume, se distinguèrent par la plus gracieuse hospitalité. Les dames de la ville désirèrent
témoigner, elle aussi, de leur sympathie pour les
projets des coalisés ; elles songèrent donc à com-
poser une députation pour faire honneur au défen-
seur de Louis XVI. En conséquence, des jeunes
filles de qualité furent chargées de présenter au
monarque des bouquets et des couronnes. Henriette, Hélène et Agathe furent invitées à faire
partie de la députation, et, d'une voix unanime,

la plus jeune des trois sœurs fut choisie pour féliciter Frédéric au nom des dames et des demoiselles de Verdun. Mme Watrin refusa tout d'abord
la distinction dont on voulait honorer ses filles; de
leur côté, les trois sœurs, unies de pensées et de
sentiments à leur bonne et digne mère, la remer-
cièrent de son refus, et surent résister à toute sol-
licitation. Leur deuil récent était, d'ailleurs, un
prétexte naturel qu'on était forcé d'accepter sans
objection. Mais des amis officieux, guidés par des
intentions plus honnêtes que sages, ne négli-
gèrent rien pour triompher de leur résistance.
Soit par condescendance, soit par conviction, la
veuve du brave officier de Louis XVI céda et an-
nonça à ses filles qu'elles devaient se préparer à
paraître devant Frédéric-Guillaume.

Le lendemain, Verdun tout entier se réveillait
souriant et joyeux comme en un jour de fête. Un
rayon d'espoir avait illuminé tous ces visages d'ordinaire assombris par une morne inquiétude.

Sur une estrade ornée avec magnificence s'éle-

vait le trône destiné au successeur du grand Frédéric ; la place entière était jonchée de fleurs, et
une foule immense, composée d'étrangers, d'émigrés et d'habitants, était répandue dans la ville.
Auprès de Frédéric-Guillaume se tenaient les premiers généraux de la Prusse et plusieurs Français
de distinction. On vit arriver alors un groupe char-
mant de jeunes filles, revêtues de robes blanches,
lesquelles s'avançaient vers le prince, timides et
rougissantes, chargées de fleurs et de couronnes
d'immortelles ; derrière elles, marchaient les
dames de la ville, portant dans leurs mains de
magnifiques boîtes de ces dragées justement re-
nommées par leur goût exquis.

A la tête du premier groupe avaient été placées
Henriette, Hélène et Agathe, et l'on pouvait juger
tout d'abord qu'elles méritaient en tout point cet
honneur ; car, sans aucun doute, elles l'empor-
taient sur toutes leurs compagnes par la distinction de leurs manières, leur aimable modestie et
leur incomparable beauté. Un concert de louanges

s'éleva sur leur passage, et la foule entière arrêta sur elles des regards attendris. Frédéric lui-même, chez qui les excès d'une vie peu régulière avaient commencé à éteindre l'amour du bien, se sentit touché.

— Ce sont les filles du colonel Watrin, un des sujets les plus dévoués qu'ait eus le roi, lui dit-on. On les nomme les roses de Verdun, mais c'est les *anges* qu'il faudrait dire.

Emu de cet éloge, le monarque adressa aux trois sœurs un regard plein de bienveillance et de bonté. Agathe se sépara alors, tout timidement, d'Henriette et d'Hélène, au milieu desquelles elle se trouvait placée. Modeste et tremblante, elle s'avança vers le trône, tenant d'une main une couronne de laurier. Chargée de porter la parole au nom des dames de la cité, la charmante enfant s'acquitta de cette difficile mission avec une touchante simplicité. Le monarque et les généraux qui l'entouraient ne purent cacher leur émotion. Les éloges les plus flatteurs furent adressés à

2.

Agathe, mais ils n'enflèrent point son cœur de va-
nité ; elle se hâta de rejoindre ses sœurs et ses
compagnes, désireuse de se soustraire aux regards
qu'elle sentait attachés sur elle.

La cérémonie terminée, les orphelines se déro-
bèrent aux distractions offertes ce jour-là par la
ville, et revinrent près de leur mère, qu'elles se
promettaient de ne plus quitter ; car elles préfé-
raient la douceur de la retraite à l'agitation du
monde.

Hélas ! cette généreuse promesse, inspirée par
l'amour filial, ne devait pas se réaliser ; il devait y
avoir une séparation, séparation d'autant plus terrible qu'elle devait être imprévue. Mais pourquoi
devancer ces tristes événements? Respectons la
divine sagesse de celui qui nous a caché les douleurs de l'avenir.

IV.

ANGOISSES MATERNELLES.

A la nouvelle de la capitulation de Longwi et de Verdun, l'alarme s'était répandue dans Paris. Le peuple, exaspéré de l'invasion des étrangers, s'en vengea par des cruautés inouïes sur les partisans du roi comme sur les parents des émigrés ; des milliers de victimes furent sacrifiées à sa fureur.

Redirai-je les horreurs des massacres du 2 septembre, date funèbre, où une populace furieuse et

ivre de sang fit entendre ce terrible appel : « Aux
Carmes ! aux Carmes ! » Dans cette église étaient
renfermés deux cents prêtres qui furent impitoyablement massacrés. A leur tête était le saint
archevêques d'Arles, que sa haute dignité sacerdo-
tale désigna le premier au fer des assassins.... A
ces nobles victimes succédèrent les prisonniers de
l'Abbaye. Là, le massacre se prolongea bien avant
dans la nuit. Ces exécutions se continuèrent trois
jours sans que le bras des assassins se lassât. L'assemblée et le ministère furent impuissants à comprimer la rage des égorgeurs. A la Force, autre
prison d'Etat, les captifs étaient nombreux, et cependant on n'en laissa pas échapper un seul. Là,
fut impitoyablement massacrée Louise de Savoie,
princesse de Lamballe, aussi célèbre par ses malheurs que par sa beauté. Une tendre affection l'u-
nissait à la reine, c'était là tout son crime.

Pendant que le peuple se livrait à ces horribles
excès, une proclamation énergique invitait tous
les citoyens à prendre les armes et à marcher

contre l'ennemi. De nombreuses bandes de volon-
taires se joignirent aux soldats commandés par le
général Dumouriez , la valeur française triompha
de la puissante armée des coalisés et les victoires
de Jemmapes et de Valmy mirent ceux-ci en com-
plète déroute. Verdun, occupé pendant quarante-
trois jours par les étrangers, paya cher sa capitulation et son imprudente fête. L'hospitalité offerte
au roi de Prusse coûta la vie à bien des familles ;
d'autres, soupçonnées d'avoir donné asile aux
émigrés, ou d'avoir consolé, secouru leurs parents
ou leurs amis, furent jetées en prison. Un agent
envoyé de Paris par le terrible Fouquier-Thinville
vint s'établir à Verdun. Devant son tribunal parais-
saient chaque jour de nombreux accusés, dont
d'anciens serviteurs, voire même d'anciens amis,
venaient lâchement vendre les secrets. Le plus
dangereux des délateurs était Louis Maurel, ce
serviteur élevé dans la maison du colonel Watrin,
et que ses vices et son inconduite avaient fait
chasser par son maître. La paresse en avait fait un

dénonciateur ; il tirait ses moyens d'existence de
ce honteux emploi. La plus profonde consternation régnait dans la ville entière : on n'osait plus
serrer la main d'un parent, d'un ami, sans trem-
bler de se compromettre. Chaque jour de nouvelles arrestations, en confirmant ces craintes,
augmentaient l'inquiétude et la terreur.

Ces bruits alarmants avaient pénétré jusque dans
la retraite de Mme Watrin. Les intéressantes orphelines redoublèrent alors leurs vœux et leurs
prières, offrant à Dieu comme expiation leurs
larmes et l'austérité de leur vie. Quant à Mme Watrin, elle se sentit instinctivement frappée au
cœur. Ses yeux, où se peignaient l'anxiété la plus
vive, ne pouvaient plus se détacher de ses enfants;
souvent, humblement prosternée dans le petit oratoire où la famille entière et les serviteurs de la
maison se réunissaient pour la prière de chaque
jour, la veuve alarmée suppliait Dieu de lui conserver les objets de sa tendresse.

— Les sinistres nouvelles qui nous parviennent

du dehors menacent de compromettre d'une manière sérieuse la santé de notre mère, dit un jour
Henriette à ses sœurs ; il faut redoubler de vigi-
lance pour la mettre, autant que possible, à l'abri
de ces émotions trop fortes pour elle.

— Tu as raison, ma sœur, répondit Agathe ; ce
que tu dis là, je le pensais ce matin, en entendant
causer notre mère avec le jardinier. « Jacques, lui
demanda-t-elle d'une voix tremblante, y a-t-il
encore quelque chose de nouveau ? — Ah ! ça ne
manque pas, ce nouveau-là, madame, répondit
Jacques en secouant tristement la tête. Ah ! les
malheureux temps ! On dit que c'est la guerre aux
nobles et aux riches qu'ils font ; on pourrait dire
aussi la guerre aux pauvres ; car les valets ne sont
pas plus épargnés que les maîtres, témoin ce malheureux Guillaume Jantoux, domestique de M. le
marquis de Vandrel, qu'on a expédié hier à Paris,
et à qui l'on fait un crime d'avoir conduit son
maître sain et sauf à l'étranger. Il y avait de mauvais nobles qui méprisaient les gens du peuple, il

y avait aussi de mauvais riches qui insultaient à la
misère des autres, je veux bien le croire; mais
les innocents devaient-ils être confondus avec les
coupables ? Pourquoi ôter à ceux qui furent obligés
le droit d'être reconnaissants ? Pourquoi leur jeter
un regard de travers, quand on les voit se diriger
vers l'habitation de gens vertueux et honnêtes,
tout cela parce que c'est un logis au lieu d'être
une chaumière? Car c'est une chose que j'ai vue de
mes propres yeux, madame, et pas plus tard que
ce matin, où ce mauvais gars de Louis Maurel,
me voyant entrer par la porte de votre jardin,
s'est mis à hausser dédaigneusement les épaules et
à me regarder d'un air narquois, en murmurant :
« Vieux valet ! — Misérable ! » lui ai-je répondu.
Et je ne sais ce que j'aurais fait, s'il ne s'était
éloigné aussitôt en ricanant. — Il serait imprudent
de l'irriter, a ajouté vivement notre mère. C'est
un être méprisable, en effet, mais il n'en est que
plus dangereux. Jacques, évitez, je vous en prie,
toute querelle avec lui. — Je n'en réponds pas,

madame; car nous avons bien des comptes à régler
ensemble. Tout petit, tout malingre qu'il est, il a
déjà fait bien du mal; il veut en faire beaucoup
encore; je ne sors pas de fois que je ne le ren-
contre rôdant aux environs du logis, levant fière-
ment la tête en chantant ses refrains patriotiques,
et tout cela avec une affectation qui m'irrite les
nerfs. N'est-ce point insulter à la mémoire de feu
monsieur le colonel, qui l'a élevé ? N'est-ce point
vous insulter, vous, madame, ainsi que vos demoiselles ? Il connaît vos sentiments; s'il ne les
partage pas, qu'il les respecte au moins, le misérable !... — Calmez-vous, mon pauvre Jacques,
et écoutez-moi. Fermez les yeux sur les insolentes
bravades de Louis Maurel, ne cherchez point à
l'irriter. Qui sait où le désir de la vengeance pourrait le pousser ? Il faut éviter de donner au méchant un prétexte pour suivre ses mauvais instincts.
Renfermez en vous-même votre indignation, je
vous le demande, mon ami, au nom de votre ancien maître, en mon nom et en celui de mes en-

fants ! » La voix de notre mère était presque sup-
pliante et sensiblement altérée ; son émotion n'a
pas échappé à Jacques ; car il a aussitôt ajouté :
« Madame, je me tairai, par respect pour vous.
Mais cela ne m'empêchera pas de faire bonne
garde et de prévenir, si je le peux, les consé-
quences des mauvais desseins d'un misérable....
— Quels desseins voulez-vous dire, Jacques ? a
repris notre mère en pâlissant. Songerait-on à
venir troubler le repos d'une pauvre veuve et de
ses enfants? Ah ! si j'étais seule au monde, je ne
leur disputerais pas ma triste existence; mais je
suis mère, mère de trois enfants que je chéris et
qui font ma consolation et ma joie. De quel droit
viendrait-on m'arracher soudainement à leur tendresse ou les ravir elles-mêmes à la mienne? On
ne sépare pas une mère de ses enfants ; une mère
a le droit de défendre, au péril de sa vie, les êtres
auxquels elle a donné l'existence, et je me sens
dans le cœur assez d'énergie pour imposer à ces
hommes de sang! » Ah ! mes sœurs, quelle exal-

tation sublime exprimait, en ce moment, le visage
de notre mère! Sur ses traits, si calmes d'habitude,
on lisait toute l'indignation de son noble cœur!
Jamais je ne l'avais vue ainsi; Jacques non plus,
sans doute; car le brave homme, surpris et affligé
à la fois, a cherché aussitôt à détourner le cours
de l'entretien. Quant à moi, pour ne pas inquiéter
ni contrister notre mère, j'ai attendu qu'elle fût
rentrée à la maison pour sortir du pavillon d'où
j'avais pu tout entendre. Jacques travaillait au fond
du jardin; je suis allée vers lui, évitant avec soin
d'être aperçue, et je l'ai instamment prié de garder le silence le plus absolu sur les événements
de ces tristes jours; le brave homme me l'a promis d'autant plus facilement qu'il se repentait
déjà des paroles qu'il avait prononcées.

— Tu as bien fait, ma bonne Agathe, dit Henriette en embrassant sa jeune sœur.

V.

L'ARRESTATION.

Deux jours après ces émotions pénibles, un
homme, au visage pâle et décomposé, à l'œil ha-
gard, vint soudain tomber à genoux au milieu de
l'appartement où nos jeunes héroïnes et leur mère
se trouvaient réunies.

— Jacques! au nom du ciel, que vous est-il
arrivé?

— Rien à moi..., murmura l'honnête serviteur
comme avec regret.

Puis il se tut, et ses yeux se portèrent avec

compassion sur la veuve de son maître. Mme Watrin, sentant aussitôt ses craintes renaître, s'écria d'une voix qui eût ému des bourreaux :

— O mon Dieu! que voulez-vous dire ! Mes enfants, mes pauvres enfants....

— Un danger menacerait-il notre mère? dirent à la fois les trois jeunes filles.

— Non, pas elle!

— Relevez-vous, mon bon Jacques, dit Henriette, revenue la première de cette forte secousse, et expliquez-vous.

— Depuis quelque temps, dit Jacques, les airs provoquants de Louis Maurel m'avaient donné quelque inquiétude. Hier, passant devant la maison avec quelques mauvais gars comme lui, il la désignait d'un poing menaçant. « Les aristocrates ne délogeront-elles pas bientôt d'ici? » disait-il. Ces insultantes paroles me firent d'abord beaucoup de mal ; mais je pensais que Louis Maurel m'avait sans doute aperçu par la porte entr'ouverte du jardin, et que c'était simplement pour me faire de

la peine qu'il parlait ainsi. Cependant, je n'avais
pas l'esprit tranquille, et je me promis de prêter
une oreille attentive à tout ce qui se passerait autour de moi. Dans l'après-midi, comme je me
sentais le cerveau en feu et peu de cœur au tra-
vail, je laissai là ma bêche et je sortis pour aller
écouter les mille bruits de notre pauvre ville en
deuil. J'avais à peine fait quelques pas, qu'une
voix m'appela; je me retournai et je reconnus
Guillaume Vaupin. Je me disposais à continuer
mon chemin; car Guillaume, qui était autrefois
un brave et honnête garçon, s'est laissé entraîner
par le funeste exemple de Louis Maurel, dont il
est l'ami. Sans m'en vouloir de mon silence,
Guillaume courut à moi, et, me saisissant brus-
quement le bras : « Vous êtes attaché à la famille
Watrin, me dit-il d'une voix brève; eh bien ! pré-
venez-la qu'un grand danger la menace : les citoyennes Henriette, Hélène et Agathe ont été dénoncées; on est sur le point de les arrêter. Dieu
veuille qu'elles aient le temps de fuir! » Et comme

je regardais Guillaume sans pouvoir lui répondre, il ajouta presque brutalement : « Mais allez donc.... Et surtout ne me compromettez pas ; car il faut peu de chose aujourd'hui pour éveiller les susceptibilités de M. les représentants du peuple. » Et Guillaume s'est éloigné rapidement, en fredonnant un couplet républicain. J'ai pris la fuite aussi , courant à perdre haleine , tremblant de voir la maison envahie par les envoyés du terrible comité. Grâce au ciel, nous aurons, je l'espère, ún peu de temps devant nous. O ma bonne maîtresse, ô mes chères demoiselles, hâtez-vous, emportez ce qui vous est le plus nécessaire, et suivez-moi !...

— Oh ! oui, sauvez mes enfants, mon bon Jacques, s'écria Mme Watrin.

— Il n'y a pas un instant à perdre, répéta Jacques.

La veuve et ses enfants eurent promptement réuni ce qui pouvait leur être nécessaire. Les papiers importants furent confiés à Jacques.

— Où comptez-vous nous conduire ? demanda Mme Watrin.

— A une ferme isolée, située au milieu des
bois. On y arrive par des chemins peu fréquentés.
Ceux qui l'habitent sont des parents à moi, qui
voient rarement dans ce pays perdu un visage
étranger. Une fois là, vous serez en sûreté, jusqu'à ce que je vous aie procuré le moyen de ga-
gner la frontière.

— Mais comment y arriver ? demanda la veuve
avec inquiétude.

— En voyageant toute la nuit dans la carriole
de Simon le forain, lequel circule assez librement
sans être inquiété par personne. Simon a imaginé
une adroite ruse pour être utile le plus qu'il peut :
il crie tout haut contre les aristocrates, vide au
besoin la bouteille avec les espions, et se concilie
par ses bons mots les patriotes les plus dangereux;
le jour il chante les refrains les plus sanguinaires
et passe la nuit à sauver ceux qui sont devenus
suspects.

On attendit le soir avec anxiété, la nuit devant
favoriser le déguisement et le départ des fugi-

tives. On passa ce temps en prières et en recom-
mandations. Tous les serviteurs réunis firent
entendre de profonds sanglots; ils baisaient en
pleurant les mains de celles qui s'étaient mon-
trées bien moins leurs maîtresses que leurs bien-
faitrices. Les orphelines et leur mère reçurent
avec émotion ces touchants témoignages de recon-
naissance.

Enfin la nuit commença à étendre son voile
sombre sur la petite ville; un épais brouillard
augmenta bientôt les ténèbres. Déguisées en
paysannes de la Lorraine, la veuve et les trois
orphelines se rendirent à la petite porte du jardin
qui donnait sur la campagne : c'est par là qu'elles
comptaient fuir. Mais, ô douloureuse surprise !
cette porte se trouvait cernée , des hommes la
gardaient; on avait donc prévu leur dessein, épié
leurs démarches, tout était perdu !... Un cri
d'épouvante s'échappa à la fois de toutes les poi-
trines. Folles de terreur, Mme Watrin et ses filles
remontèrent aussitôt dans le salon. A peine y

étaient-elles assises, que le marteau de la porte
d'entrée retentit lourdement; et peu d'instants
après deux agents de la force publique s'avançaient vers la famille désolée. Aux premiers mots
qu'ils prononcèrent, Mme Watrin s'élança vers
ses trois filles, qu'elle attira sur son sein.

— Pourquoi cet arrêt ne me frappe-t-il pas
aussi? demanda-t-elle. Par quel raffinement de
cruauté veut-on me séparer de mes enfants?...
Osez venir les arracher de mes bras!...

La pauvre mère était en ce moment si sublime
de courage, de douleur et de tendresse, que les
gendarmes intimidés n'osèrent faire un pas vers
ce groupe touchant; ils s'arrêtèrent saisis de respect. Mais les jeunes filles, tremblant pour la vie
de leur mère, et craignant qu'elle ne se compro-
mit par d'imprudentes paroles, cherchèrent à se
dégager de ses bras et essayèrent de la rassurer.

— Nous sommes innocentes de tout crime,
dirent-elles; on ne nous jugera pas sans nous entendre, et bientôt nous reviendrons auprès de toi.

— Une mère n'abandonne pas ses enfants.... Je vous suivrai partout où vous irez, et votre sort sera le mien, répondit tristement la veuve.

— Il ne faut rien changer aux desseins de Dieu, ma bonne mère, prononça Agathe; c'est sa divine sagesse qui règle et conduit tout dans ce monde. Pourquoi vouloir subir les maux aux-quels il ne vous a pas appelée? Le devoir du chré-tien est d'obéir, et son cœur doit être prêt à tous les sacrifices.

La voix inspirée d'Agathe ranima au fond de l'âme de Mme Watrin les sentiments d'une piété profonde; elle regarda avec une naïve admiration cette enfant de quinze ans à peine, qui lui prêchait d'une manière aussi persuasive qu'éloquente la soumission à la volonté de Dieu. Un instant la femme chrétienne tressaillit d'un légitime orgueil et oublia les douleurs de la mère....

— Seigneur, je vous les recommande, dit-elle; je remets leur cause entre vos mains; ayez pitié de moi !

Elle avait à peine achevé ces paroles, qu'un voile épais couvrit ses yeux et déroba tout à sa vue; une sueur froide inonda son front; elle étendit les mains comme pour ramener sur son cœur les enfants qu'elle chérissait.

— Henriette, Hélène, Agathe, murmura-t-elle.

Mais personne ne répondit à cet appel, et ses bras retombèrent dans le vide. Hélas ! malgré sa faiblesse, elle comprit tout.... Un seul cri, cri suprême, s'échappa de sa poitrine, et elle tomba raide.... En ce moment, les trois orphelines s'apprêtaient à franchir le seuil de la maison qui les avait vues naître; elles entendirent le bruit d'une chute et tressaillirent.

— Monsieur, dit Henriette à l'un des gendarmes, au nom de l'humanité, je vous conjure de nous permettre de revoir notre mère, notre pauvre mère, que notre départ a peut-être tuée !...

— Allez, citoyennes, répondit avec douceur le gendarme attendri; nous vous attendrons ici.

Les trois sœurs volèrent auprès de leur mère;

elles la trouvèrent entourée de ses domestiques en
larmes; elle était presque inanimée. Debout près
de son fauteuil, le fidèle Jacques essayait de lui
faire respirer des sels. Les orphelines roulèrent
près de la croisée ouverte le fauteuil de leur mère;
puis, toutes les trois agenouillées, elles adres-
sèrent à Dieu une fervente prière. Les mains gla-
cées de la veuve furent bientôt réchauffées par la
douce haleine et les mille baisers de ses enfants,
peu à peu quelque animation parut à la peau; le
pouls battit plus fort, la respiration devint plus
régulière. Les témoins de cette triste scène attendaient avec anxiété un retour complet à la vie;
les premiers mouvements de la malade les firent
tressaillir d'espérance; bientôt elle ouvrit à demi
les yeux. Inspirées par la même pensée, les trois
sœurs se relevèrent, déposèrent un dernier baiser
sur le front encore froid de leur mère, puis, se
tenant par la main, elles s'éloignèrent lentement,
le visage tourné vers celle qu'elles abandonnaient
avec tant de douleur !... Avant de franchir le seuil

de la porte qui allait peut-être pour toujours se
refermer sur elles, les nobles jeunes filles en-
voyèrent de la main un dernier baiser, puis dis-
parurent, faisant entendre un profond sanglot qui
pénétra l'âme des serviteurs désolés. Elles traver-
sèrent en pleurant le long vestibule où leurs pas
avaient si souvent résonné; une voiture les attendait devant leur habitation. Une foule silencieuse
et consternée l'entourait.

— Que vont devenir les pauvres, si l'on retient
en prison ces anges du bon Dieu? murmurèrent
quelques femmes âgées, moins circonspectes que
ceux qui les environnaient.

—Voulez-vous vous taire, vieilles mendiantes?
prononça derrière elle une voix brutale qui les
fit tressaillir; car elles la reconnurent pour être
celle de Louis Maurel.

Oui, Louis Maurel, nouveau Judas, osait assister à l'arrestation de celles dont il avait juré la
perte, de celles qui avaient été jadis pour lui
pleines d'indulgence et de bonté.

VI.

L'INTERROGATOIRE. — LA CONCIERGERIE.

Quand les trois sœurs se retrouvèrent seules dans la cellule qui leur avait été désignée, elles s'embrassèrent en pleurant. Cet appartement délabré leur parut, avec ses murs humides, sa croisée étroite et garnie de barreaux de fer, une habitation d'autant plus triste, que chacune d'elles la compara, dans sa pensée, à la maison paternelle. Là-bas, un air vivifiant et pur, toutes les ressources que procure l'aisance; ici, le dénûment le plus complet, une atmosphère épaisse et malsaine. La faible lumière d'une lampe éclairait seule l'obscure prison.

Les trois jeunes filles passèrent les longues heures de la nuit en prière, pour y puiser de la force et de la résignation. Le jour parut et les retrouva telles qu'il les avait laissées, les prisonnières ne s'étant pas senti le courage de se reposer sur les lits qu'on leur avait préparés. Elles avaient à peine terminé leur prière du matin, que le geôlier se présenta.

— Citoyennes Watrin, dit-il, on vous attend pour vous faire subir votre interrogatoire ; veuillez me suivre.

— Nous sommes prêtes, dirent ensemble les trois sœurs.

Georges C***, que les chefs de la nation avaient envoyé de Paris à Verdun, pour rechercher et punir tous ceux qui avaient donné des secours ou un asile aux émigrés, ou joué un rôle dans la fête

donnée à Frédéric-Guillaume, était un homme
tout jeune encore, que le talent oratoire de Mira-
beau avait fasciné, et qui, après la mort de l'élo-
quent tribun, avait été poussé au fanatisme par le
redoutable Fouquier-Thinville, dont il était le
protégé.

Les orphelines comparurent devant le repré-
sentant du comité sous la prévention d'un double
crime : leur charité pour des proscrits malheureux, leur coopération à la fête improvisée pour
le roi de Prusse. Elles répondirent avec calme et
sincérité aux questions qui leur furent adressées ;
elles déclarèrent avoir agi librement dans les
divers actes qu'on leur reprochait : inspirées par
la même pensée, elles voulaient par là mettre
leur mère à l'abri de toute poursuite. Georges C***
ne put, sans éprouver une émotion pénible, enre-
gistrer leurs déclarations ; l'aimable candeur, la
touchante dignité des orphelines l'avaient ému
malgré lui. Néanmoins il imposa silence à son
cœur, se reprochant ce qu'il appelait sa faiblesse,

et, sans prononcer un mot ni pour condamner ni pour absoudre, il ordonna aux gendarmes de reconduire à la prison les trois accusées. Henriette, Hélène et Agathe se regardèrent avec inquiétude : un instant elles avaient cru à leur mise en liberté ; le visage calme et presque doux de leur juge leur avait donné quelque espérance ; elles voulurent interroger, mais les mots expirèrent sur leurs lèvres....

Le lendemain de leur interrogatoire, on vint avertir les trois prisonnières qu'elles eussent à quitter leur cachot. Pauvres jeunes filles ! elles se regardèrent avec l'expression d'une joie ineffable : elles crurent à leur délivrance.... Mais, hélas ! leur illusion fut de courte durée. Devant la porte de la prison se trouvait une chaise de poste, qu'entourait cette fois encore une foule plus compacte, plus consternée qu'elle ne l'était deux jours auparavant.

— Où nous conduit-on ? demanda Agathe au geôlier.

— A Paris, citoyenne.

— A Paris, sans revoir notre mère ! répétèrent avec stupeur Henriette et Hélène.

Agathe tomba aux genoux des deux gendarmes chargés d'exécuter les ordres de Georges C***.

— Ah ! par pitié, laissez-nous embrasser notre mère, et nous mourrons après, s'il le faut ! s'écria-t-elle.

Cette touchante prière resta infructueuse.

Blotties au fond de la chaise de poste, les trois sœurs virent bientôt disparaître les derniers murs de la ville qui les avait vues naître, et où elles laissaient la tombe de leur père, le lit de douleur où reposait leur pauvre mère. Les gendarmes qui les accompagnaient se montrèrent pour elles pleins de déférence. Quand la petite escorte fut arrivée à Charny, on changea de chevaux pour la seconde fois. Hélène mit alors la tête à la portière et laissa échapper un cri.

— Qu'as-tu ? lui demandèrent ses deux sœurs alarmées.

— Louis Maurel! répéta avec effroi la jeune
fille en désignant de la main le postillon qui venait de descendre de son siége.

Henriette et Agathe reconnurent en effet, dans
cet homme l'ancien valet de chambre de leur
père. Cet incident contribua à leur rendre plus
pénible ce triste voyage, qui leur parut bien long;
car, à cette époque, la France n'était pas, comme
aujourd'hui, sillonnée par ces nombreuses voies
ferrées qui établissent une facile communication
entre les villes les plus éloignées.

Louis Maurel, fier des mauvais sentiments dont
tout autre n'eût pu s'empêcher de rougir, avait
sollicité la permission d'accompagner lui-même
ses victimes. On ne pouvait les confier à un zèle
moins suspect que celui de ce vrai patriote; il reçut donc l'ordre de ne pas quitter les prisonnières.
Nos jeunes héroïnes furent forcées d'accepter cette
nouvelle épreuve; mais quoiqu'il leur fût bien
pénible d'avoir constamment sous les yeux le coupable auteur de leurs souffrances, elles ne se per-

mirent pas un murmure, pas une parole amère.
Cette noble conduite, loin de désarmer l'indigne
serviteur, sembla encourager son insolente au-
dace; il ne négligea aucune occasion de tourmen-
ter ses victimes : à chaque relais, ce furent de sa
part de nouvelles provocations, des railleries bles-
santes et grossières, des chansons patriotiques ré-
pétées avec intention, ou bien encore les récits
les plus capables de porter l'effroi dans l'âme des
orphelines. Ce fut sous ces impressions doulou-
reuses qu'elles arrivèrent dans la capitale, au
moment même où l'on commençait à mettre en
question le procès du roi.

Une vive agitation régnait alors entre les différents partis qui avaient désiré la déchéance du roi.
Ces deux questions, posées par le député Mailhe :
« Louis XVI peut-il être jugé ? — Quel tribunal
prononcera la sentence? » furent l'objet de vio-
lentes discussions. Les plus modérés réclamèrent
l'inviolabilité pour la personne royale; mais la
puissante opposition des Montagnards triompha,

grâce aux discours fanatiques de Robespierre et
du jeune Saint-Just, et il fut décidé que le souverain serait appelé à comparaître à la barre de la
Convention.

L'attitude pleine de noblesse et de dignité du
monarque, lorsqu'il parut comme accusé, inti-
mida, dit-on, les juges eux-mêmes à la première
séance; à la seconde, ils avaient eu le temps de se
prémunir contre toute émotion. La voix éloquente
et persuasive de Desèze, celle du vénérable
Malesherbes, furent étouffées par celle du régi-
cide Robespierre, qui demanda la peine de mort.
Le roi reçut la nouvelle de sa condamnation avec
toute la grandeur d'âme qu'on devait attendre
d'un successeur de saint Louis. Vingt-quatre
heures après, c'est-à-dire le 21 janvier (1793), un
des princes les plus vertueux qu'ait eus la France
montait courageusement sur l'échafaud dressé
pour lui sur la place de la Révolution, et le régime
de la Terreur commençait.

Le procès du malheureux Louis XVI.avait jeté

dans les esprits tant de préoccupations et de
troubles, qu'on semblait oublier les trois sœurs.
Depuis un mois qu'elles se trouvaient renfermées
à la Conciergerie, elles avaient en vain sollicité
leur jugement. La cruelle incertitude dans laquelle elles vivaient sur le sort de leur mère et
la dureté excessive de leurs gardiens leur ren-
daient bien tristes et bien sombres les heures de
la captivité. Une de leurs plus grandes souffrances
était d'entendre débiter chaque jour les propos les
plus grossiers sur les personnes de la famille
royale qu'elles avaient appris, dès l'enfance, à vé-
nérer, à aimer.

De temps en temps, on permettait aux captives
de sortir de leur prison et d'aller respirer l'air
dans une des cours de la Conciergerie ; mais elles
eussent préféré garder leur sombre appartement ;
car c'était pendant qu'elles accomplissaient ces
tristes promenades qu'il leur parvenait quelques
nouvelles du dehors ; et comme ces nouvelles
étaient loin d'être rassurantes, les pauvres prison-

nières revenaient à leur cachot plus abattues et
plus affligées que jamais.

Dieu change à son gré les cœurs. Un des gardiens, sans pouvoir se l'expliquer à lui-même, se
sentit profondément touché du triste sort des captives, et sembla se montrer jaloux de leur faire
oublier les paroles méchantes et amères qu'il ne
leur avait pas jusqu'alors épargnées. Grâce à ce
changement imprévu, les trois sœurs se trouvèrent moins délaissées et moins malheureuses.
Néanmoins elles se faisaient peu d'illusion sur le
sort qui les attendait; les récits effrayants qu'on
s'était plu à leur faire, et qui cependant, hélas!
n'avaient rien d'exagéré, ne leur avaient laissé
que bien peu d'espérance. De plus, depuis leur
séjour à la Conciergerie, bien des scènes déchi-
rantes avaient affecté leurs regards, bien des voix
éplorées leur avaient appris que près d'elles on
souffrait aussi, bien des sanglots étouffés leur
avaient révélé ces luttes suprêmes de la vie contre
la mort, ainsi que les douleurs poignantes et in-

times de la séparation. Alors, s'agenouillant toutes
les trois, elles disaient à voix basse la prière des
agonisants pour ces condamnés qu'un arrêt irré-
vocable frappait souvent dans toute la force de
l'âge et de la santé. Puis bientôt les gémissements
s'éteignaient peu à peu. Le moment approchait
sans doute, et la victime essuyait ses larmes pour
ne pas les donner en spectacle au bourreau !...
En effet, des pas lents et sourds ne tardaient pas
à se faire entendre ; la porte du cachot s'ouvrait ;
un nom prononcé à haute voix retentissait sous
les voûtes, et le funèbre cortége commençait sa
marche. Hélas ! la cellule, veuve du prisonnier,
ne restait pas longtemps vide : un nouvel habi-
tant venait bientôt y prendre sa place.

Il fallait que les trois orphelines eussent reçu
de Dieu une force d'âme peu commune, unie à
une piété bien profonde, pour que ces scènes terribles n'affaiblissent pas leur raison. Il est vrai
qu'elles puisaient un bien grand courage dans
l'affection qui les unissait. Chacune d'elles se
dominait pour ne pas affliger les autres.

VII.

LE MENSONGE OU LA MORT.

Noüs étions, hélas ! arrivés à cette époque né-
faste désignée dans l'histoire sous le nom de régime de la Terreur. Marat, tombé sous les coups
de Charlotte Corday, avait laissé de dignes succes-
seurs : Robespierre, comme chef du comité,
Fouquier-Thinville, comme accusateur public, se
partageaient alors le sanglant privilége de dispo-
ser, dans la capitale, de la vie de leurs conci-
toyens. A Paris, le sang coulait à flots. Les pro-

vinces n'étaient pas à l'abri de ces terribles excès.
A Nantes, Carrier rappelait par ses cruautés les
fureurs de Néron. Les noyades de la Loire ont
laissé dans cette cité d'horribles souvenirs.
Effrayées de ces excès, les principales villes de
France se révoltèrent. Lyon et Marseille suivirent
l'exemple des provinces de l'Ouest, pendant que
la Vendée, restée fidèle à la monarchie, repous-
sait de tous ses efforts l'invasion républicaine. Un
instant, les coupables auteurs de ces scènes san-
glantes s'émurent et s'alarmèrent. La Convention
délégua quelques-uns de ses membres avec des
moyens puissants pour faire rentrer dans le devoir
les provinces révoltées. La Vendée devint le
théâtre d'une lutte héroïque et sanglante ; les
ruines dont elle resta couverte attestèrent les
succès de l'armée républicaine. Lyon fut mitraillé ;
Marseille et Bordeaux furent traités avec la dernière rigueur ; partout la Convention se vengea
cruellement des alertes qu'on lui avait données.
Toutefois ces révoltes avaient révélé aux chefs de

la tyrannie toute la répulsion qu'excitaient leurs actes arbitraires. Danton, effrayé lui-même des excès de ses complices, s'était retiré dans ses terres, pour y jouir de quelque repos; il devait devenir quelques mois plus tard la victime de Robespierre. Celui-ci, enhardi par le succès des armées républicaines, continua avec Saint-Just sa lâche persécution.

Ce fut alors que les filles du colonel Watrin furent tirées de leur prison et amenées au tribunal de Fouquier-Thinville, cet accusateur redoutable, à la voix duquel étaient déjà tombées des milliers de têtes. Cet homme, malgré la corruption de son cœur, fut frappé de la rare beauté, de la haute distinction des trois sœurs; il se demanda si, au moment où l'opposition énergique des principales villes de France préoccupait les esprits, il serait prudent de livrer à la hache du bourreau ces trois jeunes filles, dont la seule vue commandait l'admiration, inspirait le respect. Cependant, il était difficile de les sauver : elles avouaient ingénument leur crime, et ce crime était d'autant plus grave que la loi contre les *suspects* venait d'être promulguée. Fouquier-Thinville renvoya les orphelines sans rien résoudre. Elles s'éloignaient, conservant au fond de leur cœur une douce espérance, lorsque la voix redoutable de l'accusateur public se fit entendre de nouveau :

— Qu'on ramène Agathe Watrin, dit-il.

Les trois sœurs se regardèrent en frissonnant, et, malgré les observations des gendarmes, elles revinrent ensemble sur leurs pas, se tenant étroitement enlacées. Le despote fit un geste.

— Je n'en avais demandé qu'une, dit-il avec l'expression du mécontentement. Gendarmes, reconduisez à leur prison les deux autres accusées. J'entends être promptement obéi.

Restée seule avec l'homme qui était devenu le maître de sa destinée et de celle de ses sœurs, Agathe, tremblante, effrayée, se voilait le visage de ses deux mains.

— Approchez-vous, mon enfant, dit Fouquier-Thinville d'une voix presque douce.

Mais la jeune fille ne bougea pas.

— Vous me croyez donc bien méchant, que vous n'osez faire un seul pas vers moi? Eh bien ! c'est moi qui irai vers vous.

Et le digne complice de Robespierre vint s'asseoir sur le siége qui se trouvait placé auprès de l'orpheline et lui prit les deux mains. Le contact de cet homme fit frisonner la pauvre enfant. Il sembla ne pas s'apercevoir de l'effet qu'il produisait sur sa jeune captive; il continua d'un ton plein de bonté :

— Voyons, ne pleurez pas ainsi : cela vous enlaidirait, et ce serait vraiment dommage; car vous êtes bien la plus gentille enfant que j'aie jamais vue.

Cette louange, dont il espérait quelque succès, sembla n'avoir même pas été entendue d'Agathe, dont les larmes silencieuses continuaient à couler.

— Cette petite est plus sentimentale que vaine, pensa-t-il; prenons-la par le sentiment.

— Ne voyez plus en moi un accusateur et un juge, ajouta-t-il, mais un ami, un père.

A ce nom qui lui rappelait de si chers souvenirs, l'orpheline leva vers le ciel ses beaux yeux mouillés de pleurs, comme pour protester contre ce témoignage hypocrite. Sans se décourager, le tyran continua :

— Vous ne comprenez rien à mes paroles, n'est-ce pas ? Ecoutez-moi donc attentivement, et vous allez bientôt en apprécier la valeur. Vous n'ignorez pas, mon enfant, à quel danger vous et vos sœurs vous vous êtes imprudemment exposées en faisant partie de la députation chargée de féliciter un souverain étranger, un ennemi de la France ? Or, la Convention ne saurait pardonner un tel crime ; déjà ceux de vos compatriotes contre lesquels il a été prouvé l'ont payé de leur vie ; la même mort vous attend toutes les trois....

— O mon Dieu ! murmura Agathe en joignant les deux mains, protégez-nous !

— Mais rassurez-vous, mon enfant, tout n'est

pas perdu ; votre sort et celui de vos sœurs, si
vertueuses et si belles, m'ont profondément touché…. Je veux vous sauver, si vous le voulez.

En entendant ces étranges paroles, la pauvre
enfant crut rêver. Etait-ce bien là l'homme san-
guinaire qu'on lui avait si souvent représenté ?
Cette proposition était-elle sincère, ou n'était-elle
que l'expression d'une raillerie cruelle ? La défiance
entrait difficilement dans l'âme candide et généreuse d'Agathe, elle crut à ces paroles menteuses
de repentir et de bonté.

— Il sent la puissance du bien, pensa-t-elle,
donc je puis espérer.

Ces réflexions rassurantes lui firent rompre enfin le silence qu'elle s'était imposé.

— Oh ! oui, monsieur, sauvez-nous, rendez-
nous toutes les trois à notre mère, et nous béni-
rons ensemble votre nom ; il sera dans toutes nos
prières, et, croyez-moi, cela vous portera bonheur dans l'avenir !

— Vous êtes une enchanteresse, et j'accepte

votre présage ; mais je mets à votre liberté une condition sans laquelle je ne puis rien.

Agathe regarda son interlocuteur avec inquiétude.

— Rassurez-vous, reprit aussitôt ce dernier en pressant de nouveau dans les siennes les mains de la pauvre captive; elle vous coûtera peu de chose. Le rôle que vous avez joué dans l'affaire de la présentation, lors de l'invasion étrangère, est votre principal chef d'accusation. On pourra assez facilement écarter les autres; mais il vous faut nier énergiquement votre participation à l'imprudente fête donnée à Frédéric. On vous a, il est vrai, justement accusée d'y avoir tenu le premier rang; c'est égal, niez toujours. Vos sœurs, dont les actes eurent un peu moins d'importance, devront suivre votre exemple. Elles ne pourraient, d'ailleurs, s'accuser sans vous perdre; elles protesteront comme vous contre l'erreur dont elles furent victimes.... Un seul homme vous a dénoncées ; cet homme est un vil espion dont je dispose

4

à mon gré, je saurai le forcer au silence ; mais il faut qu'un démenti formel de votre part me mette à couvert. Votre signature, placée au bas de cette déclaration que j'ai rédigée moi-même, suffira pour vous sauver la vie. Ecoutez-moi attentivement, et vous jugerez de la légèreté de cette peccadille.

Et Fouquier-Thinville lut à demi-voix ce qui suit :

« Moi, Marie-Agathe Watrin, je déclare que c'est par erreur qu'on m'a dénoncée comme ayant fait partie de la députation des dames et demoiselles de Verdun, réunies pour porter leurs félicitations à Frédéric-Guillaume, l'allié de l'ex-tyran, Louis, seizième du nom. Mes sœurs et moi déclarons être innocentes du crime qu'on nous impute. »

— Vous le voyez, chère petite, votre signature seule manque à cet acte de délivrance.

— Mais, monsieur, ce serait mentir, dit ingénument Agathe en levant sur son interlocuteur des yeux étonnés. Vous m'avez interrogée, et j'ai dû tout avouer.

— A moi seul, là, tout à l'heure. Qu'importe? Je ne me rappelle que ce que je veux bien. N'ayez nul souci de cela et signez cette déclaration.

— Je ne le puis, monsieur, répondit la jeune fille; mes lèvres n'ont point contracté l'habitude du mensonge; les faits que je vous ai révélés sont exacts, je suis prête à en subir la conséquence, quelque grande qu'elle soit.

— Mais, malheureuse enfant, vous vous perdez, et vous entraînez dans votre ruine vos deux sœurs, qui aimeraient mieux sans doute exercer dans le monde le pouvoir de leurs beaux yeux que de faire connaissance avec dame guillotine!

Cette grossière plaisanterie fit frissonner la captive; mais elle répondit aussitôt :

— Henriette est une sainte, et Hélène est loyale et franche; elle dit tout ce qu'elle pense et avoue tout ce qu'elle fait. Mon parjure leur ferait éprouver plus de peines que ne leur en causera ma mort.

— Ah çà, ce sont donc des puritaines que vos
deux aînées? N'importe, avec de la bonne volonté, vous triompherez, j'en suis sûr. Après
tout, si elles tiennent à aller voir ce qui se passe
dans l'autre monde, laissons-les faire. Mais vous,
mon enfant, croyez-moi, restez dans celui-ci.
Vous êtes la plus jeune de la famille, et sans nul
doute la plus chérie; votre mère vous tend les
bras, et vous ne voulez pas aller vers votre mère?

Quel nom magique le tentateur ne venait-il pas
d'évoquer! En un instant, l'image désolée de celle
qui l'avait nourrie, bercée dans ses bras, comblée
des plus tendres caresses, se présenta à l'esprit de
la pauvre enfant.

— O ma mère! murmura-t-elle, comme se
parlant à elle-même, nous pourrions donc te revoir toutes les trois, t'entourer de nos soins, te
convrir de baisers!... Notre départ t'a brisée,
notre retour te rendrait la santé, j'en suis sûre.
Et dire qu'en signant ce papier, je pourrais.... O
mon Dieu! quelle cruelle épreuve!... Ne m'aban-
donnez pas, Seigneur, ou je succombe!...

Et Agathe, se laissant aller sur un siége, se mit à sangloter.

Un combat terrible se livra dans son âme, où une corde bien sensible venait d'être réveillée. La nature et le devoir luttaient avec des forces presque égales.... Mais dans un cœur où dominaient les vertus les plus pures, le devoir devait l'emporter. Agathe, redoutant sa faiblesse, invoqua le secours d'en haut, et ce secours lui arriva. Elle se relevá plus calme; dans ses yeux encore humides de pleurs, se lisait une résolution fermement arrêtée.

— Le combat a enfin cessé, dit en souriant Fouquier-Thinville; j'en suis ravi, vraiment. Signez vite; dans quelques heures, le comité de salut public, prévenu par moi, enverra l'ordre de votre mise en liberté; et aussitôt, ma chère petite, vous reprendrez la route de Verdun.

— Les murs de notre ville ne nous reverront jamais, monsieur, répondit la jeune fille avc une touchante simplicité; comme vous le dites, le combat a cessé, la lutte est finie; il ne me reste plus qu'à vous remercier de vos bonnes intentions pour moi. Je ne vous oublierai pas auprès de Dieu. C'est tout ce que peut faire pour vous une pauvre condamnée.

— Ainsi, vous refusez ? dit avec dépit l'accusateur, dont les yeux s'injectèrent de sang ; ainsi, j'ai été pendant plus d'une heure le jouet d'une sotte comédie ?... Suivez donc votre destinée, enfant bornée, stupide, esclave des plus niais préjugés ; allez retrouver vos pareils, et soyez la victime de la règle de conduite qu'ils vous ont tracée. J'ai voulu vous sauver, vous ne l'avez pas voulu; une incompréhensible persistance , une coupable opiniâtreté vous perd, vous et les vôtres !...

— Dites ma conscience, monsieur, ajouta sans affectation la jeune fille.

— Ah ! ah ! la conscience !... Quel stupide système de défense ! Vous en connaîtrez la valeur dans quelques jours; alors vous vous repentirez de votre obstination; mais il ne sera plus temps.

Oh ! non, on ne se joue pas ainsi de moi ! Vous
implorerez en vain ma clémence, vous mourrez
toutes les trois, victimes des faux principes dans
lesquels on vous a élevées.

— Que la volonté de Dieu s'accomplisse !
murmura Agathe, se soutenant à peine.

—Qu'on reconduise l'accusée à la Conciergerie!
dit Fouquier-Thinville d'une voix formidable.

Agathe se trouva bientôt placée entre deux
gendarmes.

— Adieu, citoyenne Watrin!... s'écria le tyran
d'un ton railleur.

Pour toute réponse, la jeune fille s'inclina mo-
destement et suivit les pas de ses gardes.

En voyant Agathe rentrer dans sa prison, ses
deux sœurs, qui, pendant son absence, s'étaient
livrées aux plus pénibles conjectures, s'élancèrent
vers elle et lui prodiguèrent les plus douces caresses.

— Nous craignions de ne plus te revoir, bonne
petite sœur, dit Hélène.

— Oui, je tremblais qu'on n'eût eu la cruelle

pensée de nous séparer, ajouta Henriette ; et loin
de toi, nous aurions doublement souffert ; remer-
cions Dieu qui nous réunit encore.

Encouragée par ses deux sœurs, la jeune fille
commença le récit de son entretien avec l'accusateur public ; à mesure qu'elle avançait, elle se
sentait prise d'une certaine crainte. Si ses sœurs
la désapprouvaient d'avoir pris l'initiative dans
des circonstances aussi graves, et d'avoir éloigné,
sans leur consentement, la seule branche de salut
qui s'offrît à elles ? La pauvre enfant n'avait pas
l'esprit assez calme pour juger du peu de fonde-
ment de cette supposition ; aussi fut-ce d'une voix
tremblante qu'elle articula ces mots :

— Il m'a proposé le mensonge ou la mort....

Comme elle baissait les yeux, n'osant rencon-
trer ceux de ses sœurs, celles-ci crurent à une
rétractation coupable.

— Qu'as-tu choisi ? demanda Henriette d'un
accent où perçait l'anxiété la plus vive.

— La mort !... murmura Agathe, dont l'émotion éteignait la voix.

Les deux sœurs respirèrent plus librement.

— Chère enfant ! s'écria Hélène, si jeune et si courageuse !... Ah ! nous avons bien raison d'être fières de toi !

— Henriette, Hélène, ah ! je vous remercie ! dit Agathe rassurée. Comment pouvais-je craindre d'être blâmée par vous ?

— Tu as fait ce que nous aurions fait nous-mêmes, répondit Henriette ; notre ennemi s'était adressé à toi, comme la plus jeune ; mais heureusement, il a trouvé réunies la raison et la foi. Mentir aux yeux de Dieu et des hommes pour conserver une fragile existence, c'eût été un choix malheureux ; je t'aurais pardonné, mais je t'aurais bien plainte, ma pauvre sœur. Crois-moi, si notre mère apprend un jour cela, elle te bénira d'avoir sacrifié à Dieu, à ta conscience, le bonheur de la revoir.

La vertu emprunta-t-elle jamais un langage plus simple et plus noble à la fois ?

4.

VIII.

LES VIERGES MARTYRES.

Deux jours après l'entretien d'Agathe et de Fouquier-Thinville, l'échafaud, ce terrible instrument de mort qu'avait déjà rougi le sang d'un si grand nombre de victimes, se dressait de nouveau sur la place de la Révolution. Cinq heures du matin venaient de sonner, et les lueurs naissantes du jour commençaient à peine à paraître. La vue de ce sombre appareil fit éprouver aux passants des émotions diverses. Les uns s'éloignèrent à pas précipités, sans oser retourner la tête, tant ils redoutaient de devenir les témoins de la triste scène qui se préparait. Les autres (c'étaient les vrais patriotes, ceux-ci), s'appelèrent tout haut, s'abordèrent en se frappant dans les mains comme à l'approche d'une fête publique. En peu d'instants la place se trouva couverte d'une foule immense et bruyante.

— Silence dans les rangs ! dit une voix de stentor; voici les condamnées!

A cet appel, chacun releva la tête, et l'échafaud se trouva bientôt entouré. Mais aucun battement de mains, aucun trépignement frénétique ne se firent entendre. Le silence régna profond et solennel dans cette foule, d'habitude si remuante, si agissante; toutes les respirations semblèrent suspendues. Qu'est-ce donc qui avait pu la saisir ainsi et arrêter tout d'abord ses impitoyables sarcasmes, ses odieux blasphèmes? Nous allons essayer de dépeindre la scène qui l'avait captivée.

Au pied de l'échafaud s'avançaient lentement, mais avec fermeté, trois jeunes filles, revêtues

d'une simple robe blanche, symbole de leur inno-
cence, de leur candeur. Leur beauté était si suave,
si douce, leur maintien si digne et si modeste,
que les êtres grossiers qui les entouraient n'avaient
pu se soustraire au charme qu'on subissait en les
voyant. Elles marchaient en se tenant par la main.

La plus jeune était placée entre ses deux sœurs,
qui semblaient se tenir auprès d'elle comme deux
anges protecteurs.

— Agathe Watrin ! prononça l'exécuteur.

La jeune fille qui répondait à ce nom embrassa
avec effusion ses deux compagnes, et monta seule
les degrés du fatal échafaud.... Déjà, malgré la
présence des gardes municipaux, de sourds murmures se faisaient entendre. Ils redoublèrent,
lorsque la main grossière du bourreau, ayant dé-
taché le voile de la victime, montra à la foule entière ce jeune et gracieux visage, rayonnant d'une
beauté toute céleste.

— Quel crime peut-elle avoir commis dans un
âge si tendre encore ? demandaient les uns.

— Ah ! par ma foi, c'est à fendre le cœur ! Je suis sure qu'elle n'a pas quinze ans ! se disaient les unes aux autres ces femmes de la halle que les exécutions attiraient en foule, et qui, souvent plus cruelles que les hommes, avaient donné dans ces jours néfastes la mesure de leur exaltation et de leur fureur.

Mais, malgré leurs instincts mauvais, ces femmes étaient mères, et la grâce de cette douce enfant qu'on allait sacrifier sous leurs yeux les touchait profondément.

Cependant la victime s'était agenouillée pour recommander son âme à Dieu. Rien ne pourrait dépeindre l'expression angélique de son visage ni la dignité de son attitude. A la voir ainsi, on eût dit l'ange de la prière conjurant l'ange de la mort.... Quand elle se releva, son front était serein. Pendant ce dernier et solennel instant, elle avait sans doute entrevu les cieux, et les cieux l'attiraient.... Par un geste plein d'une noble simplicité, elle fit comprendre à l'exécuteur qu'elle était prête. Dans ce moment, des milliers de cris confondus dans un seul partirent des différents points de la foule.

— Grâce ! pitié !... s'écriait-on de toutes parts.

Mais le bourreau n'en continuait pas moins ses tristes préparatifs, pendant que des gendarmes à cheval repoussaient et menaçaient les assistants.

— Arrêtez ! prononça une voix formidable.

Et aussitôt un homme tout couvert de sueur s'élança sur l'échafaud, dégagea la victime.

— Citoyenne Watrin, dit-il, je viens vous offrir, au nom des chefs du comité, la grâce que vous avait offerte le citoyen Fouquier-Thinville.

— Aux mêmes conditions ? demanda la jeune fille.

— Oui, citoyenne : la rétractation, ou, vous le voyez, la mort !... Une dernière fois, choisissez....

— Mon choix est toujours le même, répondit avec douceur la courageuse enfant. Je tiens mon âme de Dieu, et je désire la lui rendre sans souillure.

L'envoyé, qui n'était autre que Georges C***, de retour à Paris depuis peu, descendit avec tristesse les degrés de l'échafaud ; la foule s'écarta sur son passage et le suivit des yeux. Profitant de la distraction causée par cet incident, le bourreau laissa glisser le couteau fatal.... Un cri immense, profond, jeté à la fois par les deux victimes qu'on avait placées au pied de l'échafaud, avertit les assistants que la vierge n'était plus !...

— Hélène Watrin ! prononça l'exécuteur, cette fois d'une voix troublée, car cet homme se sentait, lui aussi, mal à l'aise et avait hâte d'en finir.

Une jeune fille répondit à ce second appel, se jeta dans les bras de la seule compagne qui lui restât encore, et la tint quelque temps embrassée.

— Ah ! comme ils sont cruels pour toi ! lui dit-elle ; ils t'ont destinée à nous voir mourir toutes les deux !

— Mais dans un instant, nous serons toutes les trois auprès de Dieu ! répondit avec simplicité l'héroïque Henriette, en couvrant sa sœur de baisers. Va, Hélène, sois ferme comme Agathe.

Et, voyant qu'Hélène tremblait bien fort, elle soutint sa marche défaillante et demanda la permission de l'accompagner jusqu'au dernier degré de l'échafaud. Pendant les tristes apprêts qui précédèrent le moment solennel, des trépignements frénétiques se firent entendre. Décidément, les victimes infortunées avaient toutes les sympathies de la foule, et la terreur, quoique bien grande alors, ne pouvait comprimer les émotions de la multitude. Quant à Henriette, pieusement inclinée, enveloppée dans sa douleur, elle ne distingua dans ces différents murmures, dans ces exclamations diverses, qu'un seul cri qui pénétra son âme brisée, comme l'eût fait la pointe d'un poignard: ce cri était le dernier adieu échappé à la bouche expirante d'une sœur bien-aimée. Une sueur froide inonda tout le corps de l'intéressante victime, elle eut peur de défaillir au moment du sacrifice, et implora à voix basse la protection de Dieu; bientôt elle se sentit intérieurement ranimée; et profita du retour de ses forces pour se lever et se diriger d'elle-même vers l'instrument fatal. L'exécuteur était presque aussi pâle que la condamnée.

— Oh ! cette fois, grâce ! pitié ! s'écria-t-on d'une voix énergique, grâce au moins pour celle-ci ! elle a bien assez souffert !

Car cette multitude, dont rien n'égarait, en cet instant, la raison et le cœur, comprenait toutes les tortures qui avaient été imposées à la noble martyre; elle l'avait vue buvant jusqu'à la lie le calice d'amertume, et cela sans obtentation, comme si elle eût accompli un acte ordinaire de la vie. Les derniers mots prononcés par Henriette furent ceux-ci :

— Adieu, ma pauvre mère ! Agathe, Hélène, je vais vous revoir....

Puis elle posa sa tête sur la machine sanglante. Hélas ! mes jeunes lecteurs, le bourreau, attendri, troublé, n'acheva sa terrible tâche qu'à un troisième essai !... Pas un cri ne s'échappa de la bouche

de la victime, mais les hurlements de la foule té-
moignèrent de toute l'horreur qu'excitait un semblable spectacle.... Seul, un homme placé en face
de l'échafaud avait paru étranger aux sensations
de la multitude; son visage était calme; seulement, quand la dernière tête tomba, on put voir
errer sur ses lèvres un sourire d'orgueilleux
triomphe, semblable à celui qu'on prête à l'esprit
des ténèbres, au génie du mal.... Cet homme n'était
autre que Louis Maurel, l'ancien serviteur du
colonel Watrin. Fidèle à sa vengeance, il était
venu assister au supplice, à l'agonie de celles qui
ne lui avaient fait que du bien.

CONCLUSION.

Mme Watrin, qui avait été comme foudroyée par la séparation déchirante de ses bien-aimées filles, demeura longtemps entre la vie et la mort ; mais entourée des soins ingénieux et empressés de ses fidèles serviteurs, elle revint peu à peu à la santé. Hélas ! par une triste coïncidence, elle commença à reprendre possession de sa raison et de ses souvenirs, le jour où une mort cruelle lui ravissait ses trois enfants.... On ne lui révéla que plus tard cet affreux malheur. Il serait inutile de chercher à dépeindre ce qu'éprouva cette mère infortunée ; souvent, hélas ! elle supplia Dieu de la rappeler de

ce monde qui ne lui paraissait plus qu'un immense désert !... Mais peu à peu la foi et la divine
charité reprirent leur salutaire influence ; la femme
chrétienne parla au cœur de la mère ; elle souffrit
et se résigna.... Puis, comprenant que sa tâche
n'était pas terminée, elle chercha autour d'elle
s'il n'y avait pas, comme autrefois, quelque misère à secourir, quelque douleur à consoler. Hélas !
ni l'une ni l'autre ne manquaient à cette époque,
il y avait plus que jamais du bien à faire et du
mal à réparer. Seulement, la moisson était trop
abondante pour le petit nombre d'ouvriers. Chaque
jour, la loi sur les *suspects* éclaircissait les rangs
des apôtres de la religion et de la charité. Alors,
ceux qui échappaient à la détention et à la mort
redoublèrent d'activité, de dévouement. Mais nul
ne pouvait surpasser le zèle de la vertueuse mère
d'Henriette, d'Hélène et d'Agathe ; les ruses les
plus ingénieuses, le mystère le mieux observé dé-
tournèrent d'elle l'attention de l'autorité ; on la
crut comme engourdie, comme paralysée par la

douleur, tandis qu'elle veillait avec sollicitude. Des cœurs dévoués, des agents discrets la secondèrent dans sa noble tâche, et la maison hospitalière où s'étaient déjà accomplis tant d'actes généreux s'ouvrit encore pour plus d'un proscrit ; plus d'un saint ministre de la religion, fidèle à sa foi et à ses serments, y reçut asile et eut la suprême consolation d'y offrir le divin sacrifice sur un autel improvisé.

On avait respecté les biens de la veuve ; ils servirent à sauver de la misère ceux que la persécution menaçait. Souvent encore, bien des perplexités poignantes assaillirent son âme ; elle trembla bien des fois pour ses pauvres exilés. Ses malheurs personnels n'avaient point tari la source de ses pleurs, elle en trouvait encore pour les malheurs d'autrui.

Plus tard, Mme Watrin vit s'apaiser peu à peu la tempête révolutionnaire, dont les coupables auteurs périrent presque tous de mort violente. Robespierre et Fouquier-Thinville montèrent sur l'échafaud, où ils avaient envoyé des milliers de victimes ; Louis Maurel, dont le dangereux espionnage avait compromis tant d'existences, subit le sort de son protecteur. La France commença à respirer. Un jeune guerrier, que le Dieu des combats protégeait, conduisit nos armées triomphantes dans les plaines d'Italie, dans celles de l'Allemagne et de l'Egypte ; partout la victoire suivit ses pas, et l'enthousiasme de la gloire remplaça dans les cœurs le désirs d'une lâche vengeance. Les temples furent rouverts à la piété des fidèles ; les touchants mystères du culte catholique purent se renouveler chaque jour sur les autels relevés. La liste des émigrés fut abolie, le règne de la Terreur fut terminé. Les villes frontières virent de nouveau passer les bandes nombreuses de ces proscrits qui venaient en foule saluer la terre qu'un exil de près de dix années leur avait rendue plus chère encore.

Ainsi qu'elle l'avait prévu, Mme Watrin ne vit que l'aurore des jours plus calmes que Dieu accorda enfin à la France. Elle s'éteignit presque sans souffrance, la sérénité sur le front, les yeux élevés vers le ciel où l'appelaient les voix aimées de ceux auxquels elle avait survécu.

Maintenant, mes jeunes lecteurs, si cet épisode vous a plu et a touché votre âme, si les nobles vertus des trois vierges martyres ont intéressé vivement votre cœur, relisez comme moi la page éloquente où l'abbé Delille a chanté nos trois héroïnes, dans son beau poëme de la *Pitié*.

FIN.

TABLE.

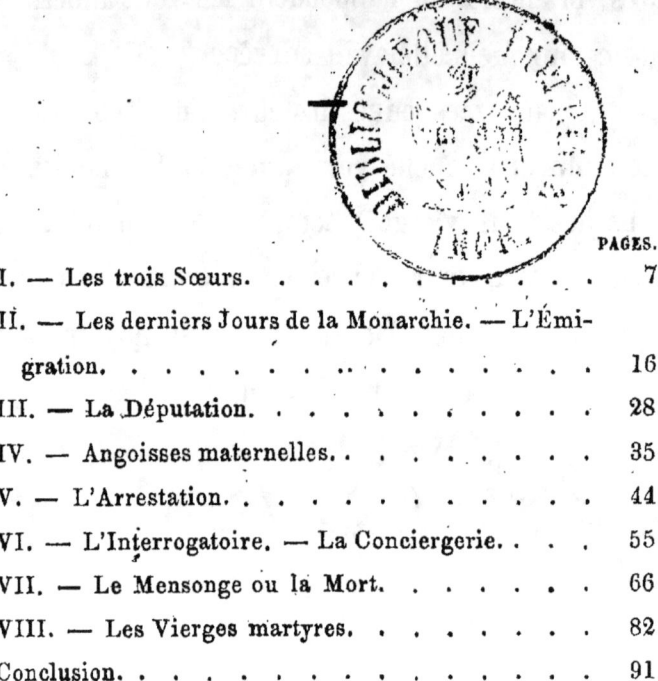

FIN DE LA TABLE.

Rouen. — Imp. MÉGARD et C*, rue Saint-Hilaire, 136.

www.ingramcontent.com/pod-product-compliance
Lightning Source LLC
Chambersburg PA
CBHW060435260626
47161CB00005B/1933